Jeanne Benameur

Les Demeurées

Denoël

Jeanne Benameur est l'auteur de textes poétiques, de pièces de théâtre et de livres pour la jeunesse. Elle anime actuellement des séminaires de formation pour les enseignants. En outre, elle est partenaire de municipalités pour le développement de la lecture et de l'écriture.

À Jean-Marie O.

Des mots charriés dans les veines. Les sons se hissent, trébuchent, tombent derrière la lèvre.

Abrutie.

Les eaux usées glissent du seau, éclaboussent.

La conscience est pauvre.

La main s'essuie au tablier de toile grossière.

Abrutie.

Les mots n'ont pas lieu d'être. Ils sont.

C'est le soir. Elle ferme les volets. Elle tire à elle le bois mangé, les ferrailles crues, rivées encore dieu sait comment à ce qui résiste au vent, à l'orage, à son bras las qui tire. Dans la bascule de la lumière, son cœur.

Chaque jour, un saut infime. Chaque jour, et rien.

Elle a perdu.

Elle se tourne vers le noir.

Elle va, le regard qui bute sur le monde.

Comme empesée, ses mains ont des tournures de vieille.

Sans rides, la bouche sans lumière esquissant le sourire qui s'achève dans la chair même de la joue, à l'intérieur les petits (bourrelets) lisses, serrés sous les canines, jusqu'au sang.

Il n'y a rien à l'intérieur de cette bouche le soir. Rien que des choses sans nom qui tentent, hagardes, la pénible venue au souffle. Rien que le silence qui (pétrit) et le sang et la chair. Elle reste les yeux fixes.

Abrutie.

La petite, elle, dehors, a entendu la voix de ceux qui ont ainsi désigné sa mère et quelque chose de rompu. Une langue qui a glissé, défailli et roulé à ses pieds.

Abrutie aussi ?

Braquée contre toute savante menace d'intrusion. La tête ballante, immensément vide, heurtant le soir, la tête trébuchante d'un malheur sans forme, la petite épuise sa cervelle avant que d'en gratter la moindre parcelle d'or. Une caverne derrière la clarté de son regard.

Elle dresse les yeux comme un chien sans flair tente vainement de suivre une trace. Quelque chose disparaît. La lumière a manqué.

Une fois encore, la mère et la fille ont failli à la lueur dernière.

Une fois encore, la petite se sent de trop dans la poussière, devant la porte.

Rien n'ira plus bas que la terre.

Elle sort de sa poche son trésor, une toute petite dent, très blanche, lisse. Elle la caresse longuement. La lancer comme on joue ? Rattraper ? Sa main serre seulement, serre jusqu'à la douleur. Sous son soulier, elle a écrasé quelque chose, un insecte ou une pierre dépourvue de sa dureté de pierre. Sous la semelle de sa chaussure, cela s'est pulvérisé sans même crisser.

La petite se tient à la place exacte du mot lancé tout à l'heure dans l'air.

De l'abrutie, elle a le front étroit et l'angle trop large du coude avec l'épaule, un espace entre la main et chaque chose qui ne se comble pas.

À l'abrutie, il manque de joindre.

Rien n'est assez puissant pour faire aller le geste jusqu'à l'objet, l'esprit jusqu'à l'image. Le temps n'y fera rien. La mère et la fille, l'une dedans, l'autre dehors, sont des disjointes du monde.

Abruties, elles vivent, une lourdeur opaque dans le crâne, fleur durcie en bouton, qui fait bosse. Aucune image ne s'éploie jamais. La femme qui, sans grâce, appuie chaque pied bien à plat sur le carrelage de la cuisine, ne se représente rien. Le monde est opaque, seulement familier dans la buée de la cuisine, la main tenant la louche ou soulevant la casserole pleine d'eau qui bout. Les murs, là, ont des traces engourdies de légumes qui chauffent. Dans l'odeur répétée, luisante, c'est l'hiver. Les choses ont chacune une place, le monde est moins lointain. Le regard va jusqu'à la poignée, le manche, le tissu du torchon. Les gestes sont presque habiles.

Pourtant, l'eau déborde de la marmite, du seau, éclabousse à nouveau la dalle grise, à nouveau se répand.

Le temps échappe. Il suffit du dos tourné. Le robinet, mécaniquement, nargue. Le liquide coule.

La femme a oublié, prise à quelque autre geste. Rien ne la relie à ce qui l'occupait toute, la minute d'avant. Le regard des yeux pâles est rivé à l'avant, très près du corps lourd. L'esprit colle à chaque chose prise sous le regard. Aucun espace n'a réussi à écarter, même infimement, l'esprit de l'œil. Aucune place ne s'est faite là. L'intelligence a renoncé.

À l'intelligence, il faut un espace pour se poser. Il faut des mains, de l'air pour la craie et l'encre. L'abrutie n'a rien.

Entre le regard et l'esprit de la petite, une aile de papillon, juste une, s'est déployée.

Elle court fermer le robinet. La mère s'est retournée. Sur son visage lisse, aux pommettes larges, peut-être un sourire, derrière la masse fermée de la chair. Sous la peau, un frémissement, un printemps dans la terre gelée : c'est la petite qui est rentrée dans la maison.

Une maison de rien.

Elles dorment dans le même grand lit. Les planches et le matelas de crin. Et puis un maigre bouquet sec entouré d'un ruban dédoré, pendu à un clou, la tête en bas.

La petite avance la main dans l'obscurité. Elle dort contre le mur. La mère vient plus tard.

C'est quand la mère dort, seulement, que la petite avance les doigts de la main droite et sent les tiges, le ruban, les fleurs qu'il faut à peine effleurer. Les pétales en poussière ne disent pas leurs noms en s'étouffant entre pouce et index. La petite écoute et glisse dans la nuit, les doigts encore poudrés du murmure desséché.

Il fait froid au matin. Quand le corps de la mère réchaufferait, elle se lève. Le bruit de l'urine qui gicle dans le seau, s'égoutte peu à peu dans le demi-sommeil de la petite. Elle a relevé la couverture au-dessus de son oreille, s'est glissée dans l'empreinte tiède du corps qui s'ébroue maintenant à la toilette.

La serviette de coton trempée dans l'eau froide passe sur le visage, appuie sur chaque œil longuement, le lave d'images venues d'on ne sait où. Le jour les refuse. La serviette tordue, retrempée, réveille le bras, le creux sous chaque aisselle. Le regard reprend sa reptation coutumière.

La femme va à la cuisinière.

Elle prépare la grande cafetière.

On l'appelle La Varienne, qui sait pourquoi !

La petite, c'est Luce. Un cri d'oiseau dans le matin, qui monte tout droit et s'oublie dans le ciel. Luce. Le nom lui fait dresser le cou un peu hors de la blouse sombre, le nom de sa petite, niché là entre la nuque et le pli du col, une place hasardeuse. Allez savoir pourquoi ce nom, a-t-on dit. Mais elle l'avait crié, elle, le jour où de son sang, de son ventre, la petite avait crié.

Luce.

Et on a beau rire, on avait respecté la voix aux accents si graves qu'elle bourdonne aux oreilles bien après s'être tue, une voix qu'on rumine.

Luce est un nom, un vrai. La petite est.

Chaque jour la mère passe l'eau froide sur la serviette dans son cou, derrière la tête, sous les cheveux lourds relevés.

Chaque jour la mère lave la place du nom de la petite. C'est son amour.

Elle ne la regarde pas quand elle dort. Elle ne sait pas contempler. Elle ne va plus à l'église. Les dos, les genoux, les nuques de tous ceux qui s'agenouillaient, se relevaient, devant elle, c'est plus que ses deux yeux ne pouvaient porter. Ses paupières avaient beau cloîtrer la vue, la bercer dans les ténèbres doucement enhardies de la lumière des cierges, cela ne suffisait pas. Elle appuyait le bout de l'index sur le globe arrondi de l'œil clos, la pupille continuait à faire son office, même là, derrière la fine membrane de chair abaissée. Elle sortait titubante.

La petite, elle la sent.

Le tisonnier dans la main, fermement, elle remue les boulets de charbon dans l'âtre de la cuisinière. Les parois reprennent couleur, sortent du gris, commencent à irradier le rouge qui bientôt se reflétera sur ses joues. Elle remet un à un les cercles de fonte, referme le fourneau.

Le raclement, suivi du tintement familier, hisse le sommeil de la petite tout près de l'éveil. Elle flotte encore mais le bruit l'appelle, la tire. Luce se resserre contre elle-même encore un peu, elle frotte ses pieds l'un contre l'autre avant de les glisser hors de la couverture.

Elle voit sa mère de dos.

Pourquoi abrutie.

Habiller la petite, la laver, La Varienne le fait sans que rien, ni dans ses gestes ni sur son visage, ne manifeste qu'elle ne s'adresse plus aux objets.

Luce ne la quitte pas des yeux. Pendant tout le temps de l'habillage. Elle ancre son regard dans le bleu trop pâle, cherche, de toutes ses forces réunies là, à remonter la paupière, faire briller la pupille. Être regardée.

Dans l'œil de La Varienne, pas d'étincelle.

Le feu bien pris dans la cuisinière bourdonne.

La petite perd chaque matin.

Elle détourne ses yeux sur les arbres de la haie, les fixe un à un. Du tronc au bout des feuilles les plus hautes, son regard caresse, la console, jusqu'à ce qu'elle laisse son esprit épuisé se vider sur le bois tailladé de la table de la cuisine.

Elle doit manger.

Ses jambes battent contre les barreaux de la chaise ; le voyage commence à l'intérieur de la croûte de pain.

Luce n'a jamais faim.

La Varienne pousse les tartines plus près du gros bol plein, comme on donne aux bêtes à l'étable. Mais la petite n'a qu'un seul estomac et l'appétit de l'alouette du matin.

Le beurre exhale une odeur grasse et perlée. Il luit. La petite a un haut-le-cœur. Elle repousse le ravier de faïence bleue et blanche, ébréché, que Madame a donné.

Madame donne, de temps en temps. La Varienne prend, les mains vite rabaissées vers le tablier. L'autre peau si fine, tendue aux articulations, veinée délicatement de mauve ; sa paume à elle, rougie, comme embrouillée de mille fines écorchures. L'objet passe. Elle ne sait pas baisser les yeux. Elle baisse la tête.

Elle rapporte à la maison.

C'est Luce qui touche l'objet, posé sur la table de la cuisine après avoir été longuement lavé à l'évier. Elle s'en empare en passant d'abord sa main au-dessus. Elle caresse des images : des nappes, des verres fins, des fleurs dans des vases. Elle voit tout, mieux que par les persiennes de la grande maison quand il y a dîner et que sa mère vaque, comme plus gourde encore que d'habitude, pressée par le vocable « abrutie » qui ne manquera pas. Luce touche les couleurs et les paroles claires qui ont gainé l'objet sur la table de fête. Elle se perd dans le tumulte joyeux des voix, des lèvres souriantes.

Si sa mère ne lavait pas si fort ce qui vient de

là-bas, échoué dans leur cuisine sombre, elle pourrait en savoir plus. Mais déjà. C'est lentement, à peine, qu'elle pose ses doigts sur la faïence, le verre, parfois la porcelaine. Comme sa mère, elle se ronge les ongles, jusqu'à l'écorchure. Le petit bourrelet, au bout du doigt, effleure. L'enfant perçoit la mince fêlure ou la rugosité, l'accident du poli qui a causé le surgissement de l'objet dans leur antre.

L'objet est un théâtre à lui seul.

La mère, elle, s'accoutume lentement.

Au début, elle touche le moins possible, jette un coup d'œil, encore un autre, à l'étranger posé au bout de la table. C'est Luce qui apprivoise. Une fois qu'elle a pris et caressé l'objet, une fois que ses mains lui ont dérobé tout faste, toute lumière, alors La Varienne peut le toucher à son tour, lui donner une place : au-dessus de la cuisinière, sur l'étagère de bois, noire, polie et pourtant toujours terne, ou dans le buffet bas qu'on n'ouvre pas souvent. Alors seulement. Mais ce qui le rendait étranger a pénétré sa petite.

Le ravier sert au beurre le matin. Il est arrivé un soir dans la main de La Varienne et Luce l'aurait voulu pour elle toute seule. Elle y aurait posé le bouquet dédoré. Elle aurait été heureuse du blanc, du bleu, et des fleurs séchées. Elle aime les couleurs.

Mais comment se faire comprendre ? Quand on s'adresse à La Varienne, elle s'agrippe du regard à la bouche de celui qui parle. Ses lèvres à elle marmonnent, imitantes et muettes. Luce ne supporte pas. Luce se tait. Le silence entre elles deux tisse et détruit le monde.

Le ravier a trouvé sa place, son emploi. La Varienne y a déposé ce qui fait lever le cœur de la petite, chaque matin.

Pour oublier l'odeur douceâtre qui l'attend sur la faïence, Luce pénètre toute seule dans le labyrinthe délabré de la croûte de pain. Elle marche sur une crête dorée, fissurée. La mie l'attend si elle tombe, cotonneuse, blanchâtre, prête à la faire disparaître dans chacune de ses alvéoles. Le voyage de Luce n'a pas de temps. Dans le bol, le liquide tiédit. La Varienne le prend à deux mains, le soulève vers la petite. Luce, toute réveillée et comme inquiète, doit boire.

Du pain, elle prendra un morceau, sans mie, pour l'école.

Il a bien fallu. Tout le monde l'a dit : l'école, c'est obligatoire. La Varienne a baissé la tête.

Le jour de la première fois, elle a lissé un

froissement qu'elle seule voyait sur son tablier bleu foncé, longuement. Elle n'a pas regardé Luce partir.

C'est brusquement, une fois la porte refermée, qu'elle s'est levée.

Elle a suivi sa petite, comme font les chiens dont on ne veut pas, de loin.

On a vu La Varienne s'arrêter sur la place du village, elle qui n'y vient jamais sans son panier. Les deux bras ballants, devant l'édifice qui lui avait dévoré sa petite, plantée devant la grande grille refermée, elle est restée.

Demeurée, c'est l'autre nom pour l'abrutie qu'elle est.

Demeurée, oui, demeurée, devant la grille close, longtemps, sous la bruine rousse de septembre, jusqu'à ce qu'une jeune femme, l'institutrice, sorte et lui dise « Il faut partir maintenant ».

La petite n'a pas collé son nez à la vitre de la classe, comme les autres. La petite est restée, plus raide encore, devant son pupitre, n'entendant rien, ne voyant rien au-dedans d'elle que la bouche balbutiante de la mère, imitant les lèvres douces et bien dessinées de Mademoiselle Solange. Le cœur de Luce a frémi en silence, sous le claquement du pupitre. Elle a retenu la honte.

La Varienne ce jour-là a erré. L'étrangeté avait masqué son chemin. On a dit « Voilà qu'elle ne se reconnaît plus maintenant ». On l'a ramenée à sa porte.

Dedans, c'était pire.

Rien n'était plus semblable.

Prostrée à la place de la petite, les bras serrés contre son ventre. Tout le jour. Elle ne sait pas ce qu'est l'attente.

Quelque chose s'est arrêté. Chaque objet, sourd au départ de la petite, s'est muré dans une densité sans faille. Aucun lien n'est plus possible.

La petite n'est plus. La Varienne est une île.

Il arrive ce qu'elle ne connaît pas : l'absence. Elle, elle ne sait pas se distraire, faire les tâches de chaque jour en rêvant, regarder parfois par la fenêtre, elle ne sait pas. Empaquetée dans l'étouffement de ce qu'elle ne peut pas nommer, elle est demeurée.

Le soir, Luce est revenue. Elle s'est dressée. Les deux grandes mains à plat, appuyant, elle s'est assurée du corps de la petite. Et comme un sourire. Mais Luce a détourné la tête. Elle s'est esquivée vers le cartable usé donné par la maîtresse, en a sorti un cahier fin, un crayon et une règle. La Varienne a reculé.

La petite est installée au bout de la table. À coups de boucles et de traits, elle lie parti avec le monde, hésitante. Brusque, La Varienne a retrouvé les gestes pour la soupe du soir. Elle garde l'écart. Les tracés malhabiles de la petite sur le cahier suffisent à la tenir à distance, comme une bête effrayée par le feu.

Elle rôde, n'approche pas trop près l'assiette de soupe fumante.

La petite est une reine solitaire. Elle continue son ouvrage, finit par ranger ses instruments de distance dans le cartable. Sa mère ne met pas l'assiette là où était posé le fin cahier aux lignes bleues. Luce attire à elle la nourriture, apprenant sans joie le pouvoir de manquer.

Quand elle se couche, ce soir-là, elle se sent bien petite. Sa poitrine est étroite. Son souffle ne trouve pas le chemin de la nuit.

Elle attend.

La Varienne s'allonge. Dans le lit, sa Luce est bien là. La maison est redevenue l'espace possible de leurs deux vies côte à côte. La petite se serre très fort, les yeux fermés, contre le grand corps qui la réchauffe.

À nouveau sa mère est là.

Elle chasse très loin l'image de la bouche marmonnante qui ne sait pas répondre haut et clair aux paroles de la maîtresse. Elle chasse toute la journée. Elle n'apprendra rien. Rien et rien. Elle restera toujours avec sa Varienne. Toujours. Et des larmes coulent qu'elle n'essuie pas pour ne pas la réveiller, elle qui semble endormie sitôt couchée.

Aucune ne dort.

Cette nuit-là l'obscurité les gagne. Il y a dans le monde des amours qui ne reflètent rien, des amours opaques. Jamais l'abandon ne trouverait de mot pour guider leur cœur. Derrière leurs paupières closes, leurs yeux sont grands ouverts, ne cherchent rien. Ni route ni chemin ne parviennent jusqu'à elles. Elles sont égarées dans le présent du grand lit, immobiles. Aucune image, aucune pensée, ne les mène jusqu'à demain. Tout entières présentes, comme tombées de si haut que leur poids s'est multiplié jusqu'au vertige. Trop lourdes pour la vie. Abruties, demeurées dans la nuit.

Le matin les capture, encore pesantes, à peine réchauffées. Elles pourraient s'enfuir. Si elles savaient. Elles restent, collées au jour.

La petite repartira pour l'école. Plus rien dans la maison ne va tenir sa place.

Il faudrait hurler, jeter le cartable, brûler le cahier, courir se réfugier dans les bois.

Il faudrait.

La Varienne s'est levée, a préparé le feu et le café. Elle a installé le bol de la petite. Elle s'est installée, elle, en face.

Luce a fait seule sa toilette.

Elle a mangé le pain, toute raide. Déjà le pupitre lui fait dresser la nuque. Elle confectionne d'étranges dessins en laissant aller ses yeux dans l'espace. La face de sa mère se perd dans les boucles des mots qu'elle dessine sans encre du bord de ses longs cils.

Elle ne pleurera pas.

La Varienne a enroulé un fil bleu sombre qui traîne de sa poche autour d'un de ses doigts. Elle le tire, cède un tour de doigt, le laisse redevenir lâche, à nouveau resserre la boucle. Le gras de l'index se tuméfie, devient violet. Elle se lève.

La petite est déjà à la porte.

Ne pas se retourner.

Offrir son visage maintenant à celui de la mère qui se tient, gauche, le dos déjà fuyant, c'est s'exposer. Ce qui a eu lieu sourdement dans le grand lit pourrait resurgir au plein jour et que faire alors de larmes toutes neuves quand celles de la nuit sont à peine rangées dans l'éponge de l'ardoise ?

Ouvrir la porte.

Sortir.

Regarder le ciel.

Marcher.

Déjà l'épaule de la petite apprend à se redresser pour faire contrepoids au cartable. On dirait que dans ce rehaussement fragile, elle offre un perchoir à l'oiseau qu'elle ne peut emporter.

Les ailes repliées, la mère suit, sans grâce, entre les flaques du chemin.

Elle ne restera plus devant l'école.

Elle rentrera seule par la même route, le regard tenant encore la petite silhouette devant elle.

Elle la ramène à la maison. Elle installe son fantôme entre les quatre murs. Personne ne lui prendra. Quand le soir reviendra, Luce occupera à nouveau toute sa place. Et la nuit sera là.

La réalité cède. Le désastre du réel a lieu en silence, tranquillement. Les grandes mains plates d'une femme farouche en ont raison.

La petite est.

Et si personne d'autre qu'elle ne la voit c'est parce qu'ils ne savent pas. Non, elle n'a pas perdu la chevelure soyeuse de sa Luce, ni les pieds qui tambourinent sur la dalle près du lit.

La petite est. C'est tout. Il n'y a pas d'absence.

Quand celle qui doit apprendre rentrera, elle se glissera dans la forme ramenée par la mère au fond de sa pupille, poussée devant elle comme un cabri réticent tout au long du chemin qu'elle refait à l'envers, haletante, les yeux fixes ne regardant rien jusqu'à la porte de la maison.

Pour Luce, une plus étrange vie a commencé.

À l'école, elle est une élève. Mais elle n'appartient pas.

Reliée à personne : ni à ses condisciples, ni à Mademoiselle Solange, l'institutrice. Elle a passé alliance avec les murs dont elle connaît le fendillement, la couleur qui peu à peu se détourne du nom net de la première couche brillante pour atteindre, le temps aidant, une teinte qu'on ne définit plus.

Dès que les paroles claires de Mademoiselle Solange menacent de pénétrer à l'intérieur d'elle, là où toute chose pourrait se comprendre, elle fuit. D'une enjambée muette, elle se niche où le plâtre du mur se délite, au coin de la grande carte de géographie, près du bureau.

Entre les grains usés, presque une poussière, elle a sa place. Elle fait mur. Aucun savoir n'entrera. L'école ne l'aura pas.

Elle demeure. Abrutie comme sa mère. Aimante et désolée.

Mademoiselle Solange a beau la rappeler de sa voix douce, elle échappe. Ses doigts serrent plus fort le porte-plume, son regard se prête à nouveau à celui, interrogateur, de l'institutrice. Elle n'est pas là. Elle n'est pas là. Elle donne juste les signes convenus, appris d'instinct, pour qu'on la laisse tranquille. Bien malin celui qui saurait la dénicher dans la fente du mur d'où elle n'entend

28

plus rien, à l'abri, d'où chaque être devient un objet lointain, à peine animé. À l'abri.

Non, elle ne rêve pas. La maîtresse peut continuer, tranquille, sa leçon. C'est bien plus qu'un rêve : elle vit. Elle fait corps avec le salpêtre, le plâtre en déroute. Elle est poussière, de son vivant poussière.

Et Mademoiselle Solange ne comprend rien. Comment une petite fille si sage peut-elle rester à ce point ignorante ? Mademoiselle Solange a voué sa vie à combattre les préjugés des esprits courts, « telle mère, telle fille ». La petite pose une énigme qu'elle ne résout pas.

Devant les autres, elle ne l'interroge plus, pensant que les rires à peine étouffés de ses condisciples la condamnent d'avance au silence.

Elle attend la fin de la journée. Quand la petite a fini de ranger ses affaires, toujours après les autres tant sa lenteur face aux objets est tenace, renouvelée, elle s'approche doucement et lui parle. Mais l'enfant entame sa marche vers la grille de l'école. Rien ne semble pouvoir l'arrêter. C'est un pari difficile de la retenir, un peu, à la porte de la classe, puis de lui faire ralentir le pas dans la cour où des enfants bruyants se poursuivent encore.

Mademoiselle Solange l'escorte jusqu'à la rue et marche près d'elle. Pourtant, elle sent l'impatience dans les jambes de la fillette dès la porte de la classe passée. Vers quoi veut-elle aller si vite ?

La petite répond à voix basse aux questions de l'institutrice. Oui, elle demandera si elle ne comprend pas. Oui, elle essaiera d'apprendre ses leçons. Oui, oui et oui. Qu'on la laisse partir ! Qu'on la laisse partir ! C'est tout ce que disent les pieds qui martèlent le sol.

L'institutrice la regarde se hâter sur le chemin, referme la grille lentement, désemparée face à quelque chose qu'elle sent immense, à quoi elle n'a pas accès. Elle rentre en serrant son châle sur ses épaules. Sur son front, le souci.

Les gestes de Mademoiselle Solange quand elle ramasse les cahiers sur les pupitres ont alors l'engourdissement de qui ne comprend pas.

La petite court vers la maison. Sur le chemin déjà elle égrène les mots qui ont réussi à occuper une place dans sa tête. Il faut garder le vide. Elle chante une étrange chanson où se mêlent toutes les leçons de Mademoiselle Solange. Luce a retenu les mots. Mademoiselle Solange les dit, les répète si doucement.

Elle chante sur le chemin. Les mots s'accrochent aux branches des arbres. Les mots tombent dans la boue et s'enfonceront bien loin, sous les roues, sous les pas pesants qui les colleront à la terre bien noire. Il faut.

Elle court.

À la maison, les choses de l'école qui restent encore dans la tête s'en vont vite, chassées par le torchon de La Varienne, comme la buée sur les vitres, la vapeur qui s'échappe du faitout.

Elle est entrée. Elle a poussé la porte. Elle se coule entre les gestes de la mère, ne l'effarouche pas, se glisse, subreptice, dans la maison. Parfois La Varienne l'attend, debout, glacée. Luce va alors jusqu'à elle sans la regarder. Les grandes mains plates descendent sur le petit corps qui ne s'échappe pas. Qui vive ! Luce, à nouveau, reprend sa place à table.

Elle ne sort plus rien de son cartable. Elle le laisse près de la porte. L'école n'existe pas.

Entre la mère et la fille, le pacte. Total.

Dans la cour de l'école, la petite reste seule. Ce que vivent les autres filles ne l'intéresse pas. Elles se parlent, chuchotent, jacassent, crient parfois, des sons aigus qui font se tourner son visage, d'un seul coup.

Elle, ne crie jamais.

Dans la poche de son tablier, elle serre l'unique objet qui la relie au monde des murs grisés, luisants, de la vapeur des légumes bouillis. Lisse, bombée, sa toute petite dent. Elle se rassure à ses renflements, ses creux, la caresse inlassablement. Ici, elle ne la sort jamais. Le danger des doigts prestes et moqueusement voleurs lui fait tenir au secret son trésor, entre les fils rapetassés du fond de sa poche.

La nuque penchée en arrière, Luce se perd dans la cime de l'arbre de la cour. Il l'accueille, lui offre ses branches. De là-haut, perchée, elle ne risque rien.

Alors se dévoilent les jeux de ceux qu'on appelle « ses camarades », des étrangers. On ne la sollicite même plus pour écouter les longues histoires que se racontent les filles, elles qui passent leur temps à trouver les règles d'un jeu qu'elles ne joueront jamais. Les garçons se bousculent dès la porte. Les corps se jettent par brusques bourrades les uns contre les autres, se dérobent, s'entremêlent. Ils grognent. Les filles se tiennent à l'écart.

Luce, assise par terre, dans le coin que forment le mur et la marche qui monte à la classe, les yeux fixés sur la cime de l'arbre, voit tout. Un rai de salive coule sur son menton.

La maîtresse tend alors son mouchoir en venant tirer la corde qui fait sonner la cloche juste au-dessus d'elle.

Vite levée, Luce avance jusqu'au rang qui se forme par petits groupes agglutinés d'enfants raclant leurs pieds, les cheveux encore pleins de rires, de cris, d'air soufflé par d'autres bouches.

Mademoiselle Solange la regarde. Toute la récréation, elle l'a regardée.

Luce fourre le mouchoir dans sa poche, sur sa dent. Tout au fond, cette douceur.

Quand elle retourne chez elle, le long du chemin, ses doigts ne cessent de toucher la dent enfouie sous les plis de batiste.

À la maison, dès l'entrée, elle le tend à La Varienne qui le lave, fait chauffer le fer, le repasse encore humide, fumant. Le lendemain, Luce rendra à la maîtresse un carré parfaitement propre. Les larges mains ont nettoyé l'ailleurs.

La menace sourde, attachée à la trame fine du tissu, est restée, elle, dans la petite maison.

La Varienne n'aime pas qu'on donne à la petite. Jamais.

Le regard qu'elle pose sur l'enfant qui part le matin sans un mot a la lueur rauque des cris qu'on ne pousse pas, la sauvagerie inarticulée de ces sons que parviennent à lancer, parfois, les muets. Luce le reçoit en plein cœur et son cœur devient « là-bas », quelque part tout en haut, sous l'aile d'un oiseau. Elle échappe.

Il lui faut l'air qui manque trop quand leurs deux regards se croisent.

Il y a quelque chose de vital dans les fuites de la petite, de vital et d'éperdu.

Mademoiselle Solange soupçonne qu'au fond de la tête de cette enfant se niche une dureté têtue, une obstination qu'il s'agirait de vaincre. Luce n'apprend rien. Luce ne retient rien. Elle fait montre d'une faculté d'oubli très rare : un don d'ignorance. Des enfants que l'étude n'intéresse pas, Mademoiselle Solange en a rencontré, en face d'elle, dans les rangées bien alignées. C'était bêtise, c'était paresse.

Avec Luce, il s'agit d'autre chose. En parler à quelqu'un ? Mais qui se soucie de cette enfant…

Un jour, elle s'est décidée.

La Varienne l'a vue arriver comme on voit la mort sur son chemin. Brusquement, elle a laissé son ouvrage.

Luce est dans la maison, assise à la table, comme d'habitude, devant son bol, devant rien. C'est un dimanche et le dimanche est un jour paisible. Les petits pieds battent contre les barreaux de la chaise.

La Varienne tourne autour de la table, comme un oiseau affolé autour du nid vide. Luce ne bouge pas. Elle sent autour d'elle l'air remuer. Elle entend les coups fermes et brefs frappés à la porte.

Personne ne répond. Personne ne frappe jamais à cette porte.

Les bras de La Varienne ne quittent pas son

34

corps, collés. Pourtant on les dirait écartés, prêts à tout emporter sur leur passage.

Luce a peur. Elle n'a pas vu venir l'institutrice. Elle rêvait. Elle poursuivait sa voie d'ignorance absolue et tout était en ordre dans la maison. C'est depuis que La Varienne a laissé tomber son chiffon que la peur traque le ventre de la petite. Elle continue à respirer l'odeur miellée de la cire sur le bois mais tout son plaisir engourdi l'a quittée d'un seul coup. Elle n'ose plus respirer complètement. Un souffle épanoui serait de trop dans la pièce aheurtée par la marche aveuglée de la mère. Alors elle se met à chantonner très bas.

Elle chantonne une liste de mots dont elle refuse de comprendre le sens. Si Mademoiselle Solange l'entendait, elle saurait que ses leçons de grammaire, d'histoire, de sciences, parviennent jusqu'aux oreilles de son élève, qu'elles flottent dans un espace de la mémoire comme des enfants morts trop tôt qui ne trouvent d'autre place qu'aux bords.

La Varienne a entendu la mélopée des mots inconnus. Ce sont les mots du mouchoir de batiste, ce sont les mots des arbres du chemin qu'elle parcourt chaque jour derrière la petite. Ce sont les mots de la grille qui se referme et de la salle, là-bas, où sa petite passe toute la journée sans qu'elle ait le droit de la voir.

La grande main s'est posée sur la bouche chantonnante.

La petite a sursauté.

La bouche de la mère ne parvient pas à crier. Elle appuie. La petite a posé ses doigts sur la main rude. Elle s'est tue.

La mère va à la fenêtre. Elle s'est plantée devant.

Mademoiselle Solange est passée devant leurs carreaux, lançant un coup d'œil, esquissant un geste de son gant tenu à la main. Personne ne lui a répondu.

La petite s'est levée. Elle est allée porter son bol à l'évier sans rien regarder.

Alors a eu lieu l'impensable.

Mademoiselle Solange a poussé la porte de la maison. Jamais cette porte n'a eu de clef. Jamais personne d'autre qu'elles deux ne l'a ouverte.

L'institutrice est au seuil de ce monde. Immobile.

Elle a un sourire que Luce ne lui a jamais vu, le sourire de qui s'excuse. La Varienne reste plantée à la fenêtre comme si tout danger ne pouvait venir que de là. Luce est venue la tirer par son tablier. Elle l'entraîne vers la porte ouverte. C'est le geste de fermer qui pousse le bras de la femme mais ce corps présent, là, dans l'ouverture, la stupéfie.

L'institutrice franchit le seuil.

Elle s'adresse à Luce, n'ose pas faire autrement.

C'est une salutation. Luce se tait.

Mademoiselle Solange regarde La Varienne, elle demande si elle peut s'asseoir, elle a des choses importantes à dire, cela va prendre un peu de temps, elle espère ne pas déranger mais c'est très important… Elle parle encore. La voix est douce, insistante. Personne ne lui répond.

La petite finit par tirer une chaise.

Mademoiselle Solange s'assoit.

Dans ses yeux, l'étroitesse du logis se mesure.

La maison n'est plus la maison.

Comment le sera-t-elle encore un jour ? Quelqu'un est entré.

L'institutrice a gagné.

À l'heure où tous les élèves claquent joyeusement leurs pieds par terre, courent et disparaissent dans les chemins, dans les cours des maisons, Luce demeure.

Le savoir est obligatoire.

Mademoiselle Solange a l'ardeur pédagogique et le cas de cet enfant ne peut rester irrésolu. Elle s'en est fait la promesse.

Une fois vidée des autres, la salle de classe respire autrement. Dans la journée, le bruit, les paroles, les souffles accumulés, la distendent. Assise à sa place, Luce pourrait maintenant prendre du plaisir à l'espace rasséréné si, dans leur maison, là-bas, La Varienne n'était posée, comme un grand manteau inhabité.

Comme elle, Luce ne bouge pas. Dans l'univers assoupi de la salle désertée, les choses du savoir la guettent.

Mademoiselle Solange a offert un grand bol de chocolat chaud. L'institutrice, qui n'en boit jamais, a fait ses achats la veille, le cœur ému d'une étrange exaltation.

Luce ne regarde rien. Elle prend le bol tendu parce qu'il faut ; découvre le chocolat ; ne sait pas si elle aime. Mademoiselle Solange boit dans une tasse fine comme celles de la grande maison, elle sourit. Luce ne lève pas la tête.

Est-ce que quelque chose de tout ce que sait cette femme pourrait passer de ses yeux aux siens ?

Luce a du mal à laisser descendre le chocolat dans sa gorge. Une peur ancienne est là, tapie, qui obstrue. Aucun cri ne trouverait sa voie.

Ses pieds, doucement, frottent le sol. La semelle racle le parquet, entraîne une jambe en avant en arrière, puis l'autre. Un lent mouvement qui ne s'arrête pas.

Mademoiselle Solange l'a perçu. Maintenant, elle entend aussi le bruit. Elle sourit de nouveau à la petite. Un sourire qui devrait créer comme un halo de lampe douce dans la clarté du jour qui s'échappe. La petite se débarrasse de la boisson à grandes rasades. Le mouvement des pieds ne s'arrête pas.

L'institutrice a posé sa tasse. Elle est venue prendre le fin cahier. Elle le feuillette, puis en tend un nouveau à Luce. Le soir, après l'école, désormais, ce sera son cahier neuf, rien que pour elle. La voix est claire.

Luce a pris le crayon, la règle. Malhabile, elle trace à nouveau les lettres, comme on le lui demande, s'arrête au prénom.

Le reste ne suit pas, n'arrive pas. Jamais. Elle ne sait que Luce.

Le reste est écrit quelque part sur des registres. Elle, c'est Luce.

L'institutrice a décidé de commencer par là.

« Tu t'appelles Luce M. C'est ton nom. Il faut savoir écrire son nom. »

Luce M. La petite n'entend pas. Sa mère l'a appelée Luce. Sa place dans l'alphabet bien rangé des noms de la classe ne l'intéresse pas. À Luce, elle répond d'un petit son bien à elle et c'est assez. Sa mère s'appelle La Varienne. C'est tout. La vie se suffit. Le nom qui suit Luce est de trop. Elle ne l'écrira pas.

Mademoiselle Solange a décidé de ne pas céder. Elle mènera cette enfant au seuil du monde, par les mots.

Elle croit en la vertu des choses faites en ordre et doucement. C'est toute sa vie, à Mademoiselle Solange, les mots et l'ordre des choses, et cette douceur sans limite qui lui appartient depuis qu'elle s'est retrouvée devant le regard des enfants.

Elle insiste. « Tu t'appelles Luce M. Je vais l'écrire au tableau et tu recopieras ton nom sur la première page de ton cahier. Il faut bien que tu apprennes. »

Elle va au tableau, écrit de sa belle écriture, le nom.

Luce regarde.

Il s'agit de son nom. Le nom de qui. Le nom, en grandes lettres blanches bien calmes sur le tableau.

Tout le corps de Luce se resserre, fait mur.

Mademoiselle Solange ne sait pas ce qu'elle engendre en obligeant son élève à voir ce nom se former sous ses yeux, seul sur le tableau, pour elle toute seule dans la classe.

Mademoiselle Solange s'applique. Elle met toute sa foi dans ce mot qu'elle écrit. Elle n'a jamais tracé ainsi le nom d'un élève au tableau. Elle y apporte toute son attention, dessine chaque lettre avec soin.

La petite a une pierre dans le ventre, envie de vomir.

Que les autres soient là, tous les autres. Qu'elle entende leurs petits chuchotements autour d'elle. Qu'elle entende autre chose que le silence de la craie qui continue, sans s'arrêter, enfonce dans le tableau, le nom.

Brusquement, elle détache ses yeux des lettres inconnues. Elle regarde par la fenêtre.

Qu'il apparaisse au carreau le visage trop large, les pommettes hautes, plates, le regard si pâle. Qu'on l'emmène loin, loin de tout ce qui se passe ici, ce qui s'approche trop. Qu'on la laisse dans la cuisine, dans le lit, dans la maison de rien du tout. Sa maison.

Elle s'est levée. Elle est partie.

Mademoiselle Solange est restée pétrifiée.

Quand elle a appelé, d'une voix trop aiguë, « Luce », la petite courait déjà.

La grille de l'école a grincé, heurté le mur en claquant.

Mademoiselle Solange voit un désastre. C'est écrit à la craie blanche sur le tableau. Qu'a-t-elle fait ?

Les sanglots de Luce lui coupent le souffle sur le chemin. Plus jamais elle ne sera l'alouette. Plus jamais. S'envoler, s'envoler.

Des sons rauques lui raclent la gorge. Les larmes l'étouffent.

On lui a volé son air du matin, sa paix du soir. Elle n'a plus rien que des mots qui écorchent la gorge. Plus jamais les mots dans les branches des arbres. Plus jamais. Le nom veut entrer en elle. Le nom la guette et elle a beau, de toutes ses forces, le chasser loin d'elle, le nom la poursuit.

Elle vomit, le ventre crispé sur le vide.

Elle laisse le chemin, avance par les bords, les bras tendus, en aveugle, d'un arbre à l'autre.

Quand elle a poussé la porte de la maison, La Varienne s'est levée. Luce s'est jetée contre le grand corps. Il n'y a pas d'autre vérité. Tout est là. Dans l'obscur du grand tablier. Qu'on la protège.

Les bras forts se sont clos sur elle, l'ont portée sur le lit.

La petite est malade, très malade.

Luce ne voit plus rien.

Le monde s'est abîmé dans le visage de sa mère.

Elle s'agrippe au regard pâle.

Le nom est entré. Rien ne peut le faire sortir.

Comment le dire ?

La mère a mis un torchon frais sur son front ses tempes mais c'est dans la gorge que brûle un feu qui resserre la vie, si étroite. Le souffle trouve à peine son chemin. La petite voudrait hurler. Elle ne peut pas. Elle ne peut rien. Tout s'estompe. Le plafond noirci au-dessus de la cuisinière descend, descend au-devant d'elle. Elle crie au fond d'une nuit que seule sa mère assiste. Elle va cesser de respirer. La tête de la petite a roulé. La mère s'est levée du tabouret où elle veille. Elle a pris le visage si fragile dans ses mains. La Varienne ne sait pas embrasser. Elle se penche tout près de l'enfant. Elle pose son front contre celui de la petite et appuie, si fort qu'elle finit par ne plus rien sentir. Sa peau, ses os, contre ceux de la petite. Fort. Fort. Qu'elle vienne, la mort. S'il faut en prendre une, que ce soit elle. Là, tout entière rassemblée dans ce serrement, elle peut. Donner la vie, à nouveau, mourir s'il faut mourir. Ça n'a pas d'importance. Seuls comptent les beaux yeux clairs de la petite qui doivent s'ouvrir. À nouveau.

La Varienne ne connaît pas de prières. Quelque chose monte dans sa poitrine. Ses lèvres s'entrouvrent et c'est une plainte et c'est un chant qui emplit peu à peu la petite maison. Elle pleure sur la petite qui n'ouvre pas les yeux. Elle pleure à l'aide tous ceux qui peuvent entendre, du fond de leur sommeil ou du fond de leurs rêves.

La plainte de La Varienne monte.

On pourrait croire à un cri de bête, un feulement, s'il n'y avait comme une parole tout au fond de la plainte. Le nom de la petite.

Elle appelle. Elle appelle du lointain de cette force qui l'a faite mère, envers et contre tous, quand on disait au village, en baissant la voix : « Il faut le faire passer… Comment voulez-vous qu'elle fasse avec… en plus ? » Elle avait défendu son corps. Elle avait gardé son trésor. Elle aurait pu tuer quiconque se serait approché.

L'enfant, c'est son enfant. La vie, c'est sa vie.

Maintenant, elle ne sait pas qui veut lui prendre. Elle ne sait pas contre quoi elle lutte. Elle s'arc-boute de toutes ses forces contre ce qui étouffe sa petite.

De si loin Luce l'entend.

Ce chant-là est celui qui l'a portée au monde la première fois.

Ce chant-là, elle ne le sait pas, est celui que l'homme, M., a entendu, une fois, une seule, un chant qui l'a tiré de son ivresse, à la fin d'une beuverie, sur une route déserte, couché contre une grande femme, un chant qui lui a fait balbutier qu'il ne savait pas ce qu'il faisait, qu'il était

44

trop saoul, qu'il s'excusait. Un chant qui l'a fait quitter le village parce qu'il ne pouvait pas l'oublier. Un chant qui fait vibrer à l'intérieur de soi et sur la peau une vie sauvage et si profondément humaine que personne ne l'ignore, que personne ne le chante.

La Varienne rouvre les yeux.

La petite a toujours les paupières closes mais dans son souffle, dans l'angle adouci du cou, quelque chose de la vie revient. La mort vient d'abandonner.

Sur les joues de La Varienne coulent des larmes. Sa petite est. Sa petite est. Rien ne la prendra plus jamais. Rien. Viennent dans ses bras les lents balancements du juste né qu'on berce, jusqu'à l'épuisement.

Elle s'endort d'un coup, le grand corps recouvrant doucement le petit.

Et c'est une autre vie qui s'installe pendant la maladie de Luce.

La Varienne éteint chaque bruit. Elle retient sa main qui racle trop fort les cercles de fonte de la cuisinière le matin. Elle retient son bras qui envoie d'un élan trop brusque le balai dans les coins de la pièce. Elle garde. Elle garde le sommeil, elle garde le souffle. L'enfant a les yeux fermés ou errants.

Pour Luce, c'est un temps sans limites qui s'est ouvert. Il faudrait que la vie soit ainsi. Rien ne la retient que le corps bien opaque de la mère qui se déplace au fond de sa pupille. Jamais elle n'a été si bien.

La Varienne devient douce.

La petite guette sous ses paupières.

Parfois, la grande femme s'arrête brusquement dans son ouvrage, tire son tabouret sans bruit, s'installe, les mains soudain oisives, ouvertes sur les genoux. Elle ne s'approche pas trop du lit.

De là où elle se tient, elle regarde sa petite.

Luce ne bouge pas. Sous ce regard, elle existe enfin vraiment, apaisée.

La Varienne apprend à contempler. Ce qui se passe derrière ses yeux alors est une étrange histoire d'odeurs de champs frais mêlés à celle des arbres au printemps.

La Varienne rêve mais elle ne le sait pas. Le visage lisse de Luce ouvre à l'intérieur d'elle des contrées inconnues. Du temps peut passer longuement.

Parfois la petite s'endort, glissant de la veille au sommeil sans s'en apercevoir.

Ce temps-là est un temps d'amour ignoré de tous.

La Varienne parfois sent à nouveau les larmes couler sur son visage. Elle les touche sans les essuyer.

Autour d'elles deux, le jour et la nuit se succèdent mais ne rythment plus rien. Le sommeil, le rêve et la veille découpent autrement le temps.

Il arrive qu'en pleine nuit la petite éveillée ait faim. La mère se lève. L'odeur de la soupe revient dans la maison. À demi soulevée, Luce boit dans le grand bol bien chaud. La Varienne l'accompagne, tendant les lèvres dans le vide, la bouche entrouverte comme celle de sa petite.

Revient le chant qui berce doucement.

Luce attend ce moment.

Elle entre dans le cœur de sa mère, pénètre dans les régions lointaines, confusément familières.

Elle n'est plus seule, détachée, grandie sur ses deux pieds. À nouveau le petit corps roule au fond du grand, invulnérable et transporté. Elles s'endorment ensemble.

De ce temps qu'elles passent, il n'y a pas de témoin.

Mademoiselle Solange a bien tenté une venue. Elle s'est tenue devant le carreau de la fenêtre, a cogné discrètement de sa main gantée, puis plus fort.

Elle a voulu regarder à travers la vitre.

La Varienne s'est plantée devant.

Personne ne regardera la petite.

Luce a fermé les yeux. Elle a senti la présence

étrangère rôder autour de la maison. Elle a tourné son visage vers le mur.

Sa mère est grande devant la fenêtre.

Sa mère masque la lumière.

Qu'importent les visages qui viennent, ils passeront. Luce retourne à son étrange songe.

Mademoiselle Solange, cette fois, n'a pas osé entrer.

Elle a voulu alerter le médecin mais il lui a recommandé de laisser faire. La Varienne n'at-elle pas déjà soigné Madame grâce à ses herbes ? La petite a dû prendre froid. C'est normal en début de printemps !… Et puis, dans le fond, est-elle bien faite pour l'école, cette enfant ?… Allez, ce ne sera une perte pour personne si elle ne sait pas que deux et deux font quatre !… Il a ri.

Mademoiselle Solange s'est sentie bafouée.

Personne au village n'a donc jamais cru que cette enfant apprendrait à lire ni à écrire.

Ici, c'est simple. L'enfant d'un demeuré est un demeuré. Il n'y a rien d'autre à en faire qu'une bonne servante, peut-être un peu moins gourde, puisque, dit-on, elle a l'air plus gracieuse, cette enfant. Mais quoi. On ne va pas se mettre martel en tête. Il n'y a rien d'autre à en faire. Rien.

Mademoiselle Solange voit la place vide de Luce et elle se demande ce qu'elle a bien pu dire pour que l'enfant s'enfuie.

Elle n'arrive plus à retrouver sa paix.

Quand ses élèves repartent, le soir, elle a maintenant du mal à quitter la classe.

Quelque chose la retient.

Devant le tableau, elle demeure.

Qu'a-t-elle dit ? Qu'a-t-elle fait ?

Lentement, elle retrace le nom puis l'efface. Le nom, c'est de la poudre qui s'envole. Ici, il n'y a que La Varienne et Luce. On s'en contente. Est-elle donc seule à se soucier de l'ordre des choses ? du nom de chacun ?

C'est ce qu'elle a fait écrire en premier à tous les enfants qu'elle a vus défiler, yeux curieux ou apeurés, assis sur les bancs face à elle, depuis qu'elle fait ce métier. C'est ce qu'elle a appris elle aussi un jour et elle se rappelle la joie sacrée qu'elle avait à écrire son nom sur ses cahiers.

Comment se peut-il qu'un nom ait pu faire disparaître une enfant ? Comment accepter ?

Longtemps, Mademoiselle Solange erre dans son logement. Les épaules entourées d'un châle, elle s'assoit dans son grand fauteuil à oreillettes. La tête bien calée, elle tente de lire.

Mais rien ne parvient à la distraire et le sommeil ne vient plus.

Bientôt c'est d'elle qu'on s'inquiète.

Les enfants racontent sa mine pâle, ses cernes, ses tremblements de mains. Parfois, elle oublie même ce qu'on vient de lui demander.

Ceux des parents qui n'ont pas trop honte du parler fruste lui ont conseillé de s'arrêter un peu. C'est vrai qu'avec tous ces enfants au village, plus ceux des alentours, elle en a du travail ! Bien trop, certainement. Il lui faudrait de l'aide… Elle sourit. Tout ira bien. Une fatigue passagère. Elle remercie de la sollicitude.

C'est de Luce qu'elle aurait voulu qu'on s'inquiète. De l'absence de cette enfant.

Mais personne n'en parle.

Les demeurés n'existent pas vraiment.

Mademoiselle Solange a écrit à son ancien professeur, le seul qui ait compris sa passion, qui l'ait aidée à devenir ce qu'elle est.

Le vieil homme lui répond qu'on ne peut rien, rien, contre l'obstination d'un enfant. « On ne fait pas accéder au savoir les êtres malgré eux, mon petit. Cela ne serait pas du bonheur et apprendre est une joie, avant tout une joie. Rappelez-vous toujours, Solange, une joie. »

La lettre du vieux professeur ne l'a pas réconfortée.

Qu'a-t-elle fait de cette joie, mon dieu, qu'en a-t-elle fait, elle qui a précipité une enfant dans la maladie, dans l'absence, avec la bénédiction de tous ici ?

Si au moins on lui en voulait, si elle pouvait se battre, argumenter. Mais personne ne lui demande rien. Dans le village, les choses sont enfin en ordre.

Et grâce à elle.

Elle a servi ce qu'elle hait.

Elle s'en veut, serre les lèvres, relit la lettre, la repose sur le guéridon, près des jacinthes en pot qui sentent trop fort. La tête lui tourne. Elle s'assoit mais n'arrive plus à rester immobile.

Il lui faut toujours un mouvement dans le corps et rien ne la satisfait.

Son seul répit, elle le trouve encore en corrigeant les cahiers des enfants.

Elle s'applique, toute son attention rappelée.

Un jour, elle lève la tête. Elle a bien pensé à envoyer la petite Hélène des monts d'En Haut à la maison de Luce puisqu'elle habite tout près. Elle y a pensé mais n'a pas osé. En refermant le cahier d'Hélène sa décision est prise : demain, elle le fera.

Hélène s'est dandinée de façon ridicule sur son banc quand Mademoiselle Solange a fait sa demande. Tous les regards braqués sur elle, elle a murmuré qu'elle ne savait pas si sa mère voudrait qu'elle aille chez La Varienne... Les enfants ont chantonné « la peu-reu-se ! la peu-reu-se ! ». Mademoiselle Solange a rétabli le calme. Elle a repris son cours.

Hélène a eu les larmes aux yeux puis elle a mêlé son rire aux autres, déjà bonne villageoise.

Le lendemain, elle est passée avec son petit frère devant la maison de La Varienne.

Du chemin, on ne voit que le toit, elle est cachée par la haie d'arbres.

Les deux enfants se sont approchés, se tenant fort par la main. Personne ne va jamais au-delà de la barrière basse pourtant toujours ouverte.

Hélène s'est avancée prudemment jusqu'au carreau.

Elle jette un regard à l'intérieur, ne distingue rien tout d'abord. Puis elle aperçoit Luce assise à la table, en chemise de nuit.

D'où a surgi La Varienne ?

Les deux enfants s'enfuient en courant.

Luce a juste eu le temps de reconnaître le visage pointé à la vitre. Dans un mouvement brusque, elle s'est collée au dossier de la chaise, comme pour dérober tout son corps à la vue, se fondre dans le bois.

La Varienne est restée longtemps figée, menaçant de tout son poids le vide du chemin.

Lentement, le souffle est revenu dans la poitrine de la petite.

Elle a quitté la pénombre, a touché doucement la grande main pour que la mère bouge.

La Varienne est repartie vers sa cuisinière, le visage encore durci de la vision fugace.

Depuis quelques jours seulement, la petite se lève à nouveau. Elle est encore faible mais le sang revient sur ses joues.

Elle ne mange rien de solide. Elle boit les soupes, les tisanes, reste assise longtemps dans son lit.

Elle ne s'ennuie pas.

Les déplacements de sa mère dans l'air de la maison lui suffisent. Elle ferme les yeux, joue à deviner ce à quoi elle est occupée. Maintenant que la grande femme mesure tous les bruits provoqués par ses gestes, c'est plus difficile. Le jeu est prenant.

La petite sourit vaguement. Elle a sa mère pour elle toute seule.

La Varienne, le soir, colle à nouveau son front au sien, si fort que Luce sent qu'elle lui entre dans le crâne.

Elle s'abandonne. La Varienne la regarde. Il faut oublier Mademoiselle Solange et la salle de classe, oublier le tableau, la craie qui dessine de grandes lettres arrondies. C'est difficile.

Le nom réapparaît.

S'enfoncer dans le sommeil cotonneux. Qu'il la reprenne. Qu'elle coule au fond de cette chose opaque. Qu'à nouveau le plafond s'abatte sur elle et que l'espace ne soit plus rien.

À l'école, l'arrivée d'Hélène et de son petit frère n'est pas passée inaperçue. On la questionne. Elle est encore toute rouge du chemin parcouru à la hâte et le petit frère pleure.

Quand Mademoiselle Solange tire la cloche de l'entrée, les rangs ont du mal à se former.

Elle est encore plus pâle qu'à l'ordinaire. Depuis la veille, elle se sent gagnée d'une sorte de fièvre latente sous la peau. Elle porte les paumes à ses joues, pour en mesurer la chaleur. Pourtant, les joues sont glacées sous ses doigts. Légèrement en retrait, elle fait passer devant elle chaque élève qui gagne sa place, cessant tout bavardage au passage du corps de Mademoiselle Solange. Son corps est une frontière.

Seule, Hélène s'arrête. Elle dit très vite Je l'ai

vue, Mademoiselle. Je l'ai vue, en chemise, assise près de la table… Tu lui as parlé ? Oh sûr que non, Mademoiselle, La Varienne est arrivée tout droit à la fenêtre. Avec son mauvais air. J'suis partie. J'ai couru et, Pierrot, il a pleuré tout le long de la route… Puis elle ajoute tout bas J'irai plus, Mademoiselle, c'est pas mes affaires tout ça, ma mère l'a dit…

Bien, bien, ma petite, va t'asseoir.

Cette fois, la tête lui tourne.

Elle se demande comment parvenir à son bureau. Juste s'asseoir. Pouvoir s'asseoir avant que sa tête ne la trahisse, ne laisse s'effondrer tout le corps.

Surtout, que les élèves ne se rendent compte de rien.

Elle évite le regard d'Hélène mais l'enfant garde les yeux baissés.

Mademoiselle Solange a un éblouissement.

Soudain, le tableau n'est plus noir. Il scintille, il éclate.

Elle porte la main à ses yeux, continue d'avancer.

Ne plus penser qu'à sa chaise qui l'attend, derrière le bureau. Le bureau la soutiendra. Elle se reposera.

Elle l'atteint enfin, a l'impression d'avoir mis

un temps interminable mais non, Julien, le plus âgé de la classe, vient tout juste d'apporter le grand cahier, ouvert à la bonne page.

Tout est en ordre.

Elle s'entend faire l'appel comme chaque jour.

Aujourd'hui, elle saute le nom de Luce et personne ne s'en aperçoit.

Dans les jours qui suivent, les éblouissements reviennent. Parfois très rapprochés.

Elle attend.

Elle sait qu'après le léger décrochement qu'elle va sentir au sommet du crâne elle basculera dans un vertige liquide et que se répandra à l'intérieur de sa tête une fontaine fraîche. Cela passera.

Elle attend pour rouvrir les yeux, ne se décide pas à aller consulter le médecin.

Cette étrange maladie lui fait du bien.

Le monde lui est retiré brutalement ainsi, par éclairs, et c'est un châtiment bienheureux.

Juste après, elle éprouve la sensation d'avoir été, elle, soustraite. À quoi ? Elle ne sait pas nommer cela. Pour la première fois, les mots lui manquent et elle sent bien que ce n'est pas le vocabulaire rassurant de la médecine qui l'aidera. Il faut qu'elle trouve seule. Au cours des longues soirées où le sommeil ne vient plus, elle cherche.

Quel mot pourrait décrire son état ? Quelle phrase l'amener à quitter cette étrangeté dans laquelle, chaque jour un peu plus, elle s'enfonce ?

Pourtant, elle continue l'ouvrage quotidien, rappelle aux enfants ce qu'ils doivent apprendre, interroge, note, corrige les cahiers.

Mademoiselle Solange est toujours une institutrice mais ce n'est plus la même qui, un jour de septembre, a dit à une femme qui semblait chercher sur ses lèvres le sens de ses paroles « Il faut partir maintenant ».

Mademoiselle Solange est seule.

Dans leur petite maison, La Varienne et Luce sont deux. Enfermées. Invulnérables.

C'est de cette équation, elle en est sûre, qu'il faut partir pour trouver le mot juste, celui qui lui fera comprendre où elle est désormais car elle sait qu'elle n'est plus à sa place, ni derrière le bureau, ni dans la cour de l'école, ni devant les livres qui restent étrangers à ce qui advient dans sa vie, dans son corps, dans sa tête.

Elle est seule et là-bas, quelque part, au bout d'un chemin, elles sont deux dans une maison.

Mademoiselle Solange repense aux contes que sa mère lui lisait dans son enfance.

C'était là, quand elle écoutait de tout son être ces paroles auxquelles sa mère ne prêtait plus attention à force de les répéter qu'elle savait quelque chose.

Quand les paroles trop lues se vident de leur sens, enfin légères, elles font leur chemin. Elles l'ont fait alors jusqu'à cette part d'elle-même qu'on nomme peut-être l'âme et qui s'est endormie.

Luce et La Varienne l'ont réveillée jusqu'à l'éblouissement.

Comment faire désormais ?

Elle voudrait parler à quelqu'un.

Devant elle, le secret tissé entre deux êtres.

La Varienne et sa petite Luce peuvent se passer de tout. Même de nom.

Le savoir ne les intéresse pas. Elles vivent une connaissance que personne ne peut approcher.

Qui était-elle, elle, pour pouvoir toucher une telle merveille ?

Comme elle a été naïve de croire qu'elle pouvait apporter à un être quelque chose de plus !

La petite est comblée. De tout temps comblée et si elle l'ignorait, en la faisant venir ici, dans cette école, elle le lui a appris. C'est la seule chose qu'elle lui ait enseignée sans le savoir : une douleur et un bonheur intense. Savoir qu'on manque à quelqu'un, que quelqu'un nous manque.

Maintenant Luce ne manque plus. Comblée dans la petite maison, Luce comble à son tour et c'est une perfection.

Mademoiselle Solange a envie de leur crier à toutes les deux qu'elle comprend, qu'elle a enfin compris, qu'elle ne tentera plus rien avec ses pauvres mots de craie et d'encre.
Plus rien.

C'est un soir, chez elle, longtemps après l'école. Elle s'est levée, prise par ce besoin absolu d'aller leur dire tout.
Elle pleure, ne s'en rend pas compte.
Elle pleure.
Elle, elle ne connaîtra jamais leur plénitude.
À elle, il faudra toujours et des mots et des livres et nommer les choses ne la délivrera pas.
Mademoiselle Solange mesure sa solitude.
Elle mesure qu'elle est et restera seule, celle par qui le savoir arrive. Et comment désormais ne pas se demander si c'est un bonheur ou un malheur pour chaque enfant d'apprendre ? Il faudrait toujours se poser cette question avant

de les obliger à s'asseoir, à écouter, à répéter. Elle ne pourra plus jamais être innocente.

Mademoiselle Solange, sur le seuil, pleure.

Elle ne parvient pas à sortir de l'école, les grilles l'arrêtent. Elle ne parvient plus non plus à rentrer dans son appartement.

En hésitant, elle retraverse la cour, son châle sur les épaules.

Elle retourne vers la salle de classe, ouvre la porte vitrée, s'assoit sur le banc. À la place de Luce.

Face au tableau.

De cette place, les choses ne sont plus les mêmes.

L'éponge, le seau près du mur, le fendillement du plâtre qui remonte jusqu'au plafond. Solange découvre.

La salle de classe n'est plus son royaume.

Tout se mure.

Solange regarde le bureau.

Elle se lève.

Il faudrait retourner là-bas, à sa place à elle, de l'autre côté, échapper à ce qui la guette si elle reste sur le petit banc.

Tout autour d'elle prend une densité opaque.

Chaque chose devient étrangère.

Où le familier ?

Elle s'est dressée.

Son corps cogne contre les tables dans la rangée, au passage. Endolorie, elle perd le mouvement gracieux de sa longue jupe à chaque pas, ne regarde plus rien.

Sur son bureau, ses stylos, sa règle, son crayon, son vase avec les fleurs.

Sa main ne peut plus rien atteindre. Quelque chose de lourd garde les bras pesants, collés de chaque côté du corps.

Dans la salle de classe, elle demeure.

Devant le bureau, elle demeure.

Passer derrière, elle ne peut plus.

Solange s'est laissée glisser par terre.

Combien de temps est-elle restée, le dos appuyé contre l'estrade, les yeux ouverts ?

Solange ne sait plus rien.

Quelque chose a eu raison d'elle.

Quelque chose qu'elle a traqué chez une petite fille, qui l'a envahie.

Au village tout le monde a dit que Mademoiselle Solange avait l'air bien fatigué et depuis longtemps. On s'en veut. On aurait pu gronder les enfants… qu'ils soient plus sages… C'est vrai qu'ils sont durs à tenir. D'ailleurs, depuis qu'il n'y a plus école, on le voit bien. Ils traînent dans les jambes de tout le monde…

Mademoiselle Solange ne sort plus. Ça ne peut pas durer. On dit qu'elle va être remplacée.

Dans la petite maison, Luce est debout.

Le matin, elle aide La Varienne.

À nouveau elle va et vient, s'occupe des bêtes, un peu, en chantant de drôles d'airs.

Sa mère la contemple. Cela peut durer longtemps. Elle s'oublie dans la petite silhouette qui avance.

Elle a repris son travail à la grande maison depuis que Luce est sur pied.

L'école est loin. Si on ne voyait passer Hélène des monts d'En Haut, flanquée de son petit frère, on l'oublierait.

Elle est venue à un coin de la barrière, un après-midi.

Elle a vu Luce dans le jardin, lui a fait signe, avec un drôle de sourire. Elle a chuchoté que Mademoiselle Solange était malade, une maladie qu'on ne connaît pas, qu'il y aurait bientôt un autre maître pour la remplacer.

Luce est rentrée dans la maison sans parler, loin du sourire d'Hélène.

Elle passe les doigts sur son bouquet séché, elle tourne autour de la table.

Son cartable, laissé là-bas, elle ne l'a jamais revu depuis la grande fièvre. Le cahier fin, l'encre. Le cahier rien que pour elle.

Du grand bahut de bois, elle sort tous les objets donnés à La Varienne, les dispose sur la table.

C'est une histoire.

C'est un livre.

Le seul qu'elle sait lire.

Devant les objets alignés, elle récite la litanie des bribes retenues à l'école. Ça demeure.

Luce entend La Varienne qui rentre, tape ses lourdes semelles contre le seuil. Elle se tait. Un à un, elle range chaque objet. Sa mère a remis son grand tablier de maison.

Un jour, La Varienne sort de son panier tout un paquet de fils enchevêtrés qu'elle dépose sur la table.

La lingère de Madame allait tout jeter. Elle a ramassé, a emporté. Pour la petite.

Luce contemple les teintes qui s'entremêlent. Les petits doigts fins se mettent à l'ouvrage, dénouent, lissent, séparent, redonnant à chaque fil la nudité de sa couleur. Une joie.

Dans sa gorge montent des sons chatoyants, elle les murmure tout bas.

Un langage pour elle toute seule.

La Varienne entend. La voix de la petite lui entre dans tout le corps. L'oreille laisse pénétrer. Elle continue son ouvrage plus lentement.

Avec les fils, Luce fait des tresses de couleurs qu'elle accroche aux poignées du buffet, du tiroir. La maison prend des allures de fête.

La Varienne n'y touche pas, elle regarde.

Une autre fois, elle lui rapporte des aiguilles.

Luce les pique toutes dans les fissures les plus tendres du bois de la table. Elle écarte les doigts loin au-dessus de l'étrange plantation puis elle descend la main, paume offerte, jusqu'à ce qu'elle sente les fines piqûres sur sa peau. Elle arrête, recommence.

Au bout de plusieurs jours de ce jeu, elle prend une aiguille gravement et enfile un long brin de coton jaune. Elle commence à piquer le tissu d'un torchon.

Pour les gestes du fil et de l'aiguille, elle a une facilité inattendue.

Elle restitue des bribes que le jardin a livrées à son regard, pêle-mêle : l'aile d'un oiseau, une feuille d'arbre, un pétale. L'ensemble forme un étrange rébus. Les couleurs sous ses doigts, elle les choisit longuement. Aucune n'est celle du modèle d'origine.

Elle recompose un monde, c'est son monde, elle sourit.

Les torchons ne suffisent bientôt plus, tous les tissus de la maison, il les lui faut. Rien ne la distrait plus de cette occupation.

Le temps passe.

Elle brode.

Une paix absolue l'envahit, l'engourdit, comme la grande fièvre.

Sous ses doigts revient alors la douceur du tissu si fin qu'elle enfouissait au fond de sa poche.

Hélène a pris l'habitude de s'arrêter à la haie et Luce, malgré cette sorte de dégoût qu'elle éprouve pour la fillette, va quelquefois la rejoindre.

Elle ne parle jamais.

Hélène la regarde de ses yeux curieux. « Mais qu'est-ce que tu fais donc toute la journée ? »

Luce ne répond pas, ne part pas. Hélène invariablement parle de l'école.

Un nouveau maître est arrivé qui a bien fait peur au début mais on s'habitue. Et puis il vit au village, au-dessus du boulanger parce que c'est Mademoiselle Solange qui habite encore à l'école. Elle sort bien parfois dans la cour marcher un peu, parler aux enfants mais elle a toujours son air tout fatigué. Et puis on dirait qu'elle oublie tout ce qu'on lui dit. Elle ne sait même plus bien leurs noms. On ne sait pas quand elle reprendra la classe. Ma foi...

Luce s'écarte.

Elle ne dit pas au revoir, retourne vers la maison, abandonne Hélène, toujours un peu surprise sur le chemin. Alors Hélène se met à chanter très fort en haussant les épaules.

Luce referme la porte.

Elle reprend son aiguille.

À la grande maison, Madame a remarqué le talent de la petite. Elle s'est étonnée des broderies qui décoraient le tablier de La Varienne.

La Varienne a baissé la tête.

C'est la petite ?

Elle a gardé la tête baissée.

Madame a décidé de lui confier ses propres serviettes à broder.

Luce regarde le motif que Madame a dessiné elle-même sur un papier.

Ce sont des signes, comme chez Mademoiselle Solange.

Ils sont seuls, grands et beaux.

Elle aime reproduire les boucles et les traits. Les initiales de la grande maison.

Madame a donné ce qu'elle appelle un abécédaire à La Varienne.

Comme ça, la petite ne perdra pas tout le bénéfice de l'école, a-t-elle dit.

La Varienne a entendu le mot « école ». Ses bras se sont raidis le long de son corps.

Madame a souri.

Ne t'inquiète pas, elle ne retournera plus à l'école, ta Luce, c'est réglé… c'étaient les folies de Mademoiselle Solange, tout ça…

La Varienne a rapporté le canevas dans la maison.

La petite est restée interdite devant les lettres.

La mère est retournée à la cuisinière.

Luce touche cette nouvelle chose arrivée dans leur logis du bout de ses doigts. Elle effleure, suit le tracé. Elle reconnaît, éparses, les lettres de son prénom CELU. Cela fait longtemps qu'elle n'a pas écrit Luce. LUCE.

Elle passe les doigts sur les lettres, lentement, puis reprend son aiguille et pique.

Madame a donné aussi un cahier où tous les points sont expliqués, dessinés. Elle s'intéresse aux progrès de la petite.

C'est le point de croix qui anime les doigts de Luce.

À croiser le fil, régulièrement, sur un si petit espace, elle trouve une étrange paix. Voir peu à peu une forme qui se dessine, venue de toutes les minuscules croix colorées, l'entraîne loin, bien au-delà de la maison.

Elle rêve.

Peu à peu elle entre dans l'alphabet.

C'est un lent voyage.

Les lettres s'arriment à son aiguille et elle tire les fils de couleurs. Au coin de sa bouche restée entrouverte, un filet de salive. La Varienne essuie au passage, du bord de son tablier.

Elle rêve.

Les leçons de Mademoiselle Solange sont de drôles de pays restés dans sa tête.

Les mots ont beau avoir été lancés de toutes ses forces jusqu'en haut des arbres. Les mots ont beau avoir été piétinés sur le chemin, ils sont là. Ils ont fait leur nid dans sa tête.

Maintenant ils reviennent, furtivement appelés par le fil et l'aiguille.

Ils sont là.

Luce brode chaque lettre de l'alphabet et ce sont des mots entiers qui apparaissent loin derrière ses yeux rivés au canevas.

Elle s'effraie de leur présence, ici, dans sa maison, près de sa Varienne.

Les mots, ils étaient loin, écrits en belles lettres rondes au tableau, là-bas, ou imprimés, bien droits, dans des livres que Mademoiselle Solange montrait.

C'était leur place.

Il y en avait aussi aux murs de la classe, rangés en lignes sur de grandes affiches et Mademoiselle Solange en pointait un, puis un autre, lentement, avec sa longue règle, et elle formait des sons avec sa bouche en tirant fort sur les lèvres. Luce revoyait les lèvres balbutiantes de sa Varienne. Elle baissait la tête.

Aujourd'hui, les mots sont là, dans sa tête à elle.

Ça ne fait pas de bruit.

Sous ses doigts, à chaque lettre qui se dessine, les mots arrivent.

Luce lève les yeux, guette. Sa Varienne va dans la maison, lourde et tranquille.

Les mots dans la tête de Luce sont silencieux. Ils ne s'échappent pas. Ils vivent tout seuls, ne font pas de mal.

Luce s'étonne du secret.

C'est tout un monde qui respire sans apparaître.

C'est à elle. Rien qu'à elle. Une grande chaleur peu à peu envahit tout son corps.

C'est à elle, à l'intérieur d'elle et personne,

personne ne peut y toucher. La joie qui l'envahit en silence ne peut pas se mesurer. Elle y est toute, ne sait pas pourquoi.

Luce continue sa lente progression dans l'alphabet.

Elle est seule, heureuse.

Le jour où elle arrive au S, elle le reconnaît.

Le nom de Mademoiselle Solange commence par ce signe-là.

Une étrange ferveur retient sa main au-dessus du canevas. C'est le nom de Mademoiselle Solange.

L'envie de l'écrire tout entier, avec le fil et l'aiguille.

L'envie. Une force juste née, terrible.

Elle a sorti du tas de tissus rapportés de la grande maison ce que ses doigts ont reconnu de plus fin. C'est un morceau de batiste carré, blanc.

Attendre que La Varienne quitte la maison. Il faut la solitude, le secret.

Inventer sa façon à elle d'écrire les lettres, le o, le l. Oublier l'abécédaire.

Elle aime chacune des lettres.

Choisir des couleurs pour faire sourire Mademoiselle Solange.

Hélène a dit que, maintenant, elle ne reconnaît plus du tout les enfants, qu'on se demande si on va la garder dans le logement de l'école, qu'il faut qu'elle parte se faire soigner, ça ne peut plus durer…

Luce brode.
Faire revenir le sourire dans les yeux de Mademoiselle Solange.

Quand La Varienne pousse la porte, la petite furtivement glisse le carré dans sa poche. Elle reprend le canevas.
Le chagrin de sa Varienne les emporterait toutes les deux.
Mademoiselle Solange est un secret.

Quand Hélène des monts d'En Haut revient, elle lui confie le petit carré de tissu.
Il faut l'apporter à Mademoiselle Solange, là-bas, dans l'école avant qu'elle parte.
Et Mademoiselle Solange prendra ce carré de batiste dans ses mains et elle sourira.
Luce n'imagine rien de plus. Les lèvres douces, le sourire. C'est tout.
Au village, on s'interroge de plus en plus sur l'institutrice. Elle refuse de voir le médecin, ne sait plus qui sont les gens qui l'entourent, ne sait plus bien qui elle est non plus.
Jamais elle ne parle au nouvel instituteur.

Elle continue à ne s'adresser qu'aux enfants et refuse de se rappeler leurs noms.

Et puis on raconte qu'elle se met à sortir n'importe quand, parfois en pleine nuit. Tout le monde pense l'avoir vue, une fois ou l'autre, sur la place du village ou dans les champs. On raconte.

Seul, le boulanger sait.

Quand la lumière reste allumée à la fenêtre de la chambre de Mademoiselle Solange, il attend.

Elle va sortir.

À l'aube, quand tout le village dort encore, elle apparaît, son châle sur les épaules. On peut dire tout ce qu'on veut, cette femme a une douceur, une beauté qui ne se dément pas. Les cheveux relevés, elle sort comme pour une promenade, mais ses pas ne la mènent pas loin. Non, elle ne va jamais dans les champs, ni sur la place du village, elle reste dans la cour de l'école. Lui le sait. Elle marche lentement entre les arbres, longe la grille puis elle finit par s'installer sous la cloche, dans le coin que forment le mur et la marche qui monte à la classe, et elle garde la tête levée vers on ne sait quoi. Cela peut durer très longtemps.

Quand elle est installée, il est comme rassuré.

Il se contente de jeter un coup d'œil de temps en temps.

Cette maîtresse d'école qui ne sait plus rien, assise là-bas, la tête levée, l'accompagne sans le savoir dans son travail et il clôt le bec à quiconque se moque d'elle dans la boulangerie, à commencer par son épouse.

Il ne lui dit pas que, chaque nuit, il veille de loin sur cette femme égarée. Quand elle rentre chez elle, c'est l'heure où les enfants se préparent à aller à l'école.

Le nouvel instituteur descend.

Le jour où le boulanger l'a vue ouvrir la grille de l'école, il a failli se précipiter mais que dire à cette femme avec qui il n'a jamais échangé d'autres paroles que celles du Bonjour, du Merci, de l'Au revoir.

Il est resté planté dans sa timidité.

Mademoiselle Solange était vêtue comme lorsqu'elle remettait les prix aux enfants : un long tailleur, un chapeau noir et des chaussures fines à talons hauts.

Le boulanger s'est demandé si elle quittait le village, mais elle ne portait ni sac ni valise.

Aucune voiture ne l'attendait. Personne.

Elle est restée un moment devant l'école, indécise, puis, il en est sûr, elle a ri et elle s'est mise à courir.

Est-ce que ce sont les talons hauts, le rire ?

Qu'est-ce qui l'a transportée de cette façon, si gaie, si folle ? On aurait dit une petite fille.

Comme les enfants qui se précipitent une fois la cloche sonnée, elle n'a regardé ni à droite ni à gauche pour traverser.

C'était l'heure du laitier.

Lui non plus ne regarde pas, si habitué à traverser le village désert à cette heure.

Dans la main de Mademoiselle Solange, il y avait, bien serré, un mouchoir de batiste brodé à son nom, chaque lettre d'une couleur différente, un arc-en-ciel.

Luce s'accroche aux lèvres d'Hélène.

Qu'elle arrête de parler si fort !

La veille, elle lui avait donné son carré enfin terminé. Cela n'avait pas été simple. Hélène n'en démordait pas. Elle répétait Mademoiselle Solange fait peur maintenant, il faut l'enfermer pour la soigner loin, à la ville.

Mais Luce avait su imposer, pour la première fois de sa vie.

Toute sa force dans ses yeux, dans sa main qui poussait le tissu dans la main d'Hélène.

Elle avait réussi.

Maintenant, Hélène n'arrête pas. On va enterrer Mademoiselle Solange dans le petit cimetière du village, près de l'église, près de l'école. Elle avait bien donné le mouchoir, même qu'elle avait eu peur quand Mademoiselle Solange l'avait attrapé. Il paraît qu'elle le tenait serré dans sa main quand le camion l'a renversée. Hélène parle trop fort, trop vite. Par moments, sa voix casse, on dirait qu'elle va pleurer.

Qu'est-ce qu'un camion peut faire entre les lettres d'un nom ?

Morte. Luce a vu des bêtes déjà… jamais des gens.

Morte. Ça ne peut pas être Mademoiselle Solange.
Luce continue, elle, à trouver les mots tout au fond d'elle. Toutes les leçons de Mademoiselle Solange sont toujours là. Les mots sont vivants.
Morte.
Elle se répète en silence toutes les leçons de l'institutrice. Il n'y a pas de mort de Mademoiselle Solange.

Luce s'est détournée. Elle a couru vers la maison.
Il n'y a pas de larmes.
Elle voit le fil, les aiguilles. Elle en prend une, se l'enfonce au creux de sa main.

Il n'y a pas de cri.

Elle regarde le sang couler.

Morte.

Elle reprend l'aiguille, recommence.

Morte.

Elle n'a personne à qui demander.

La Varienne est rentrée en hâte de la grande maison.

Elle a entendu le nom.

D'ordinaire, elle n'écoute pas ce qui se raconte.

Au nom de Mademoiselle Solange, entendu, répété avec tant d'émotion par ceux de la grande maison, quelque chose de sourd l'a envahie.

Les lèvres de la jeune femme tout près de son visage sont là et la grille de l'école qu'on referme et sa petite, sa Luce enfermée là-dedans tout le jour.

Elle a secoué la tête très fort, a laissé son ouvrage.

Quelqu'un a parlé d'un mouchoir que l'institutrice tenait serré dans la main si fort qu'on a eu du mal à le détacher de ses doigts.

Le tissu était brodé à son nom. Où courait-elle ainsi, pauvre folle, dans le petit matin ? a-t-on dit.

La Varienne ne peut plus rien entendre de ce qu'on va raconter sur cette femme ni de ce qu'elle faisait à cette heure, devant la grille de son école.

Elle ne retient que le fil, les points joliment tressés les uns aux autres.

Elle retient les couleurs.

Quelque chose au fond d'elle se serre, durcit.

C'est le travail de sa petite.

Son sang ne réchauffe plus sa peau. Un cri rauque reste attaché à chacune de ses mains qui serrent le tablier. Elle court vers la maison.

Luce est là, assise près de la fenêtre, son lieu à elle. À ses pieds, sa corbeille pleine de fils et de tissus.

Luce est là.

La Varienne respire.

Brusquement, elle la prend contre elle, la serre, fort comme jamais. Luce ne dit rien. Elle sent son cœur battre à grands coups.

La Varienne sait tout.

Elle lève la tête, la regarde. La mère a les paupières fermées. Luce passe ses doigts sur les yeux clos de La Varienne. Sa main saigne encore.

Elle voudrait poser tant de questions.

Prises l'une à l'autre, toute la journée, elles restent, liées par ce que rien ne peut disjoindre. Parfois, la mère serre si fort contre elle la petite qu'elle ne peut plus respirer. Puis les grands bras se dénouent.

Elles se regardent.

Leurs larmes ne sont pas les mêmes.

Bien plus tard dans la soirée, la mère a soigné la main. Ses gestes ont retrouvé leur placide fermeté.

Luce laisse faire, ferme les yeux.

Dans le lit, cette nuit-là, aucun rêve n'a de place. Elles veillent.

Dans la tête de Luce, les mots bourdonnent.

Ils sont tous là, les mots de Mademoiselle Solange, prêts.

Elle les garde.

Ils sont vivants.

Au matin, Luce a quitté la maison.

La Varienne n'a rien fait. Les bras lourds le long du corps, elle a regardé la petite qui reprenait le chemin.

Luce est allée jusqu'au village, jusqu'à l'école, la tête vibrante.

Les mots sont là.

Dans les branches des arbres, sous les cailloux, dans chaque brin d'herbe.

Ils sont là.

Vivants.
Elle marche.

Loin derrière elle, sa Varienne la suit, les mains accrochées au tablier brodé.

Devant la grille de l'école, la petite s'arrête.
Son cœur bat si fort qu'elle pourrait voir apparaître Mademoiselle Solange, là, devant elle.
Personne.
Du fond de sa poche, elle sort sa petite dent qu'elle tient serrée, très fort.
Personne.

Elle se détourne, longe le mur, prend le chemin qui mène à l'église, pousse la grille basse du cimetière.
Ici, elle n'est jamais venue.
Les lettres sont là, dans sa tête, assemblées.
Elle cherche le nom de Mademoiselle Solange parmi tous les noms.
C'est la terre fraîchement remuée qui attire ses yeux.

Luce marche.
Devant la tombe, elle se dresse bien droite.
Les mots sont vivants.

Elle parle, elle, Luce.

Elle commence par son nom. Entier.

Désormais, elle commencera toujours par son nom.

Elle continue.

Elle récite dans le silence toutes les leçons qu'elle a retenues. C'est une longue litanie où tout savoir s'entremêle.

La voix est claire.

Les mots sont vivants.

Quand elle a achevé, elle se penche, creuse dans la terre un tout petit trou.

Elle y dépose sa dent, reste un temps accroupie puis s'en va.

À la grille, La Varienne attend.

Elle n'est pas entrée.

Elle attend et personne ne lui dira de partir.

Elles se regardent.

Luce lui prend la main. Ensemble, elles rentrent à la maison.

Le lendemain, Luce reprend le chemin du village. La Varienne ne la suit pas.

La petite rentrera. Elle ne va pas à l'école. Elle va voir Mademoiselle Solange.

Luce ne s'attarde pas sur la place, ne laisse pas son regard errer vers la salle de classe. Elle va au nom de Mademoiselle Solange, elle va lui réciter ce qu'elle sait.

Les mots sont là.

Elle apprend.

Elle ne peut plus s'arrêter.

Elle apprend les mots, tous les mots. Et elle apprendra. Dans les petits livres de broderie que lui donne Madame, sur les boîtes de farine, de café, sur les morceaux de journal qui servent aux épluchures, sur les pancartes, elle apprend. Elle n'arrêtera plus.

Le monde s'est ouvert.

Chaque soir, elle brode les mots nouveaux, se les répète silencieusement.

Chaque matin, elle vient les réciter ici.

Elle n'arrêtera plus.

Les paroles de Luce s'élèvent.

Elles ne demeureront plus.

Sur la terre, jour après jour, elles portent son souffle.

DU MÊME AUTEUR

Aux Éditions Denoël

LES DEMEURÉES, 2000 (Folio n° 3676). Prix UNICEF 2001.

UN JOUR MES PRINCES SONT VENUS, 2001.

Jeunesse

SAMIRA DES QUATRE-ROUTES, Flammarion, 1992. Prix PEEP 1993.

ADIL, CŒUR REBELLE, Flammarion, 1994.

POURQUOI PAS MOI ?, Hachette-Jeunesse, 1997.

UNE HISTOIRE DE PEAU et autres nouvelles, Hachette-Jeunesse, 1997.

QUITTE TA MÈRE !, T. Magnier, 1998.

ÇA T'APPRENDRA À VIVRE, Le Seuil, 1998.

ÉDOUARD ET JULIE, T. Magnier, 1999.

SI MÊME LES ARBRES MEURENT, T. Magnier, 2000. Prix Jeunesse de Brive 2001.

LE PETIT ÊTRE, T. Magnier, 2000.

ET SI LA JOIE ÉTAIT LÀ ? La Martinière Jeunesse, 2001.

COLLECTION FOLIO

Composition Floch.
Impression Bussière à Saint-Amand (Cher),
le 3 juin 2002.
Dépôt légal : juin 2002.
1ᵉʳ dépôt légal dans la collection : octobre 1999.
Numéro d'imprimeur : 23141.

ISBN 2-07-042196-1./Imprimé en France.

6504